# ÉLOGE

DE

# M. LE COMTE COLONNA D'ISTRIA

Premier Président de la Cour Impériale de Bastia.

# ÉLOGE

DE M. LE COMTE

# COLONNA D'ISTRIA

Premier Président de la Cour Impériale de Bastia.

---

## DISCOURS

PRONONCÉ

## PAR M. XAVIER DE CASABIANCA

AVOCAT GÉNÉRAL,

A l'Audience solennelle de rentrée de cette Cour,

LE 3 NOVEMBRE 1859.

---

## BASTIA,

DE L'IMPRIMERIE FABIANI.

---

1859.

1860

Le trois Novembre mil huit cent cinquante-neuf à onze heures du matin,

La Cour Impériale de Bastia s'est réunie au Palais de Justice, à Bastia, dans la salle de l'Empereur, en assemblée générale et en robe rouge, sur la convocation et sous la présidence de M. Calmètes, Premier Président, à l'effet de procéder à la reprise solennelle de ses travaux pour l'année judiciaire 1859-1860.

Étaient présents :

M. Calmètes O. ❀ Premier Président;

M. Stefanini ❀ Président;

M. Andrau-Moral ❀ Conseiller-doyen;

MM. Poli ❀ , Levie, Gafforj ❀ , Carbuccia ❀ , Gregorj ❀ , Suzzoni ❀ , Montera ❀ , Comte Colonna d'Istria, Fabrizj, Poggi, Roux, Peraldi ❀ , Arrighi, Peretti, Benoist d'Etiveaud, Conseillers;

M. Dupont ❀ Procureur Général;

M. X. de Casabianca, Avocat Général;

M. Montera, Substitut;

M. Bettolacce, Greffier en chef.

Étaient absents ou empêchés d'assister à l'audience :

MM. Casale ✠ Président, Fleury, Conseiller, malades, et Massin, Premier Avocat Général, en congé.

La Cour s'est d'abord rendue, selon l'usage, et escortée par ses huissiers, dans l'une des salles du Palais qui avait été disposée pour servir de chapelle et y a assisté à une messe du St-Esprit.

Après la messe, la Cour s'est réunie de nouveau dans la salle de l'Empereur.

A midi précis la Cour s'est rendue, précédée de ses huissiers, dans la grande salle de ses audiences solennelles, où étaient réunies les autorités constituées et les membres des divers corps et administrations publiques de la ville, qui avaient été invités à cette solennité.

Les autorités occupaient les places et le rang qui leur sont assignés par le décret du 24 Messidor an XII, sur les préséances.

L'Ordre des Avocats et les Avoués près la Cour étaient également présents.

La parole a été accordée au Ministère Public.

M. de Casabianca, Avocat Général, s'est levé et a prononcé le discours suivant :

# ÉLOGE

DE

## M. LE COMTE COLONNA D'ISTRIA

Premier Président de la Cour Impériale de Bastia.

————

Monsieur le Premier Président,

Messieurs,

Si notre ministère nous impose souvent de pénibles devoirs, souvent aussi il nous réserve de bien douces compensations. C'est pour nous un véritable bonheur que, par l'effet de l'un de nos plus précieux priviléges, il nous soit permis aujourd'hui de rendre un hommage public à la mémoire du magistrat éminent, chef aimé et

vénéré de notre compagnie pendant trente années, dont la mort récente a excité parmi nous,
comme dans tout le ressort, de profonds et
unanimes regrets.

Peu d'hommes ont eu une carrière plus brillante et plus prolongée. A l'heure où, de nos
jours, on fait à peine son entrée au barreau,
M. le Comte Ignace-Alexandre COLONNA D'ISTRIA
était déjà Procureur Impérial au Tribunal d'Ajaccio. Il devenait, à vingt-neuf ans, Procureur
Général et il n'avait pas atteint sa quarante et
unième année lorsque, en 1823, il monta sur ce
haut siége de Premier Président d'où il devait
descendre, de nos jours, avec peine sans doute,
mais avec un calme et une sérénité d'âme digne
des plus grands éloges. On ne peut retracer une
pareille vie sans toucher, depuis le commencement du siècle, à presque tous les événements
de notre histoire locale. Puissions-nous, Mes-

sieurs, ne pas rester trop au-dessous d'un sujet qui a eu pour nous un attrait bien naturel et bien vif, et dans lequel nous avons vu aussi comme une dette de cœur à payer, au nom de la Cour tout entière.

Le Comte Ignace-Alexandre Colonna d'Istria naquit à Ajaccio le 30 juillet 1782. Il appartenait à une très-noble et très-ancienne famille qui a joué, de tout temps, un rôle considérable dans notre île. Il eut le bonheur d'avoir des parents aussi distingués par les dons de l'intelligence que charitables et pieux. A cette époque la Corse avait vu cesser enfin cette désolante continuité de luttes intestines et de guerres étrangères dans lesquelles elle s'était épuisée pendant tant de siècles. Depuis quatorze ans elle était française, et ainsi s'était réalisé, dans ses destinées, un changement qui avait été dans les vœux de ses plus illustres enfants. Par suite de regrettables malen-

tendus, la conquête ne s'était pas faite sans de
graves obstacles ; la prise de possession avait été
troublée, dans les commencements, par des
insurrections partielles trop souvent réprimées
avec une excessive rigueur ; mais bientôt après
le gouvernement était revenu à des pensées plus
sages et plus humaines et le voile de l'oubli avait
été étendu sur le passé. Rien ne fut négligé depuis lors pour donner satisfaction aux légitimes
intérêts du pays. L'agriculture et le commerce
reçurent des encouragements ; une route impor-
tante relia les deux villes d'Ajaccio et de Bastia,
et ce qui valait mieux encore, des Tribunaux
ayant à leur tête un Conseil supérieur, sorte de
Parlement local, furent institués sur les princi-
paux points du territoire. Le gouvernement comprit aussi que le meilleur moyen de prémunir
les nouvelles générations contre des préjugés
déplorables et invétérés, était de veiller à l'édu-

cation de la jeunesse et il s'empressa de créer plusieurs établissements d'instruction.

C'est au collége d'Ajaccio, sa ville natale, que le jeune COLONNA D'ISTRIA fit ses premières études. Il compta parmi les élèves les plus laborieux et les plus distingués. Parvenu à un âge avancé et depuis longtemps comblé de toutes les faveurs de la fortune, le Premier Président d'une Cour Souveraine rappelait avec un juste orgueil ses nombreux succès de collége, dans lesquels il se plaisait à voir comme le présage du brillant avenir qui lui était réservé.

Mais les luttes pacifiques dont nous entretenons en ce moment la Cour, allaient être troublées par les plus redoutables événements. Après d'inutiles efforts pour la conjurer, la Révolution française éclatait sur le monde, et les hommes comme les institutions, tout devait être entraîné dans un vaste abime. Notre pays, sans éprouver les mêmes malheurs, était aussi destiné à ressentir les effets de cette convulsion si terrible à la fois et si salutaire. Les armes, dont le port avait été interdit jusque là sous des peines sévères, reparurent dans les mains des insulaires; des tribunaux électifs firent place à la justice plus réfléchie et plus constamment impartiale de l'ancienne magistrature, et, par l'effet des mêmes principes, l'institution du jury fut donnée à des populations qui n'étaient pas préparées à la recevoir. La force armée devint impuissante; une funeste désorganisation se mit dans son sein. Toutefois, s'il y eut des troubles et trop souvent aussi une impunité regrettable, la paix régna, dans cette île, plus qu'en aucune autre partie de la France.

L'un des moments les plus périlleux pour les deux principales villes du littoral où s'agitaient surtout les questions politiques, fut celui·de l'arrivée d'une soldatesque effrénée, destinée à opérer une conquête que son indiscipline rendait impossible (1). Repoussées de Bastia par la soudaine apparition de nombreux habitants de l'intérieur en armes et prêts au combat, les phalanges Marseillaises ne tardèrent pas à s'abattre sur la ville d'Ajaccio qu'elles traitèrent en pays conquis. Après en avoir parcouru les rues en poussant les vociférations les plus sinistres, elles saisirent tout-à-coup deux citoyens inoffensifs et, sans même le plus léger prétexte, leur infligèrent le supplice de la corde. Vainement les principales autorités essayèrent-elles d'empêcher la consommation de ce lâche attentat; leur parole ne fut point écoutée et l'une d'elles faillit

---

(1) Il s'agit de l'expédition de Sardaigne tentée dans les commencements de l'année 1793, qui échoua par suite de l'indiscipline des soldats et du défaut d'entente entre les troupes de terre et de mer.

payer de sa vie cet acte de courageuse intervention. Le jeune COLONNA D'ISTRIA eut la douleur
de voir, des fenêtres de sa maison, les corps des
deux innocentes victimes pendus au grand mât
de la citadelle. Cette scène de sauvage barbarie
demeura toujours profondément imprimée dans
sa mémoire.

Un souvenir d'une nature bien différente était
celui de la visite faite au collége d'Ajaccio par
le général qui commandait alors la Corse. Le
jeune COLONNA D'ISTRIA dut à la bonne opinion
qu'on avait de lui d'être choisi comme l'interprète de ses camarades dans cette circonstance
solennelle. Il s'acquitta de sa mission à la satisfaction de ses maîtres aussi bien que de l'illustre
visiteur, et il en fut récompensé par d'unanimes
félicitations.

Trois années après, le futur Chef de notre
Compagnie avait terminé ses études classiques,

et le moment était venu où, pour lui comme
pour sa famille, il s'agissait du choix d'un état.
Son hésitation fut de courte durée. Toutes les
facultés de son intelligence et les habitudes déjà
sérieuses de sa vie le portaient vers la science
du droit. Il aurait pu, sans s'éloigner de son
pays, apprendre le peu que l'on exigeait alors
de ceux qui se chargeaient de la défense des
intérêts privés devant les tribunaux. On sait, en
effet, que dans cet immense travail de démoli-
tion auquel s'étaient livrées les assemblées révo-
lutionnaires, rien n'avait été épargné, les institutions les plus nécessaires comme les priviléges
de castes ou de corporations condamnés par la
raison et par l'expérience des siècles. La noble
profession du barreau, alors sans doute plus
utile que jamais, avait été entraînée dans la ruine des parlements auxquels elle paraissait s'attacher par des liens intimes. A partir du mois

de septembre de l'année 1790, il n'y eut plus d'avocats : ils furent remplacés par des défenseurs officieux qu'on ne soumit, d'ailleurs, a aucune justification préalable. Mais les jeunes gens de cette époque n'oublièrent pas que dans les luttes judiciaires la palme est toujours réservée au plus capable, et, plus difficiles pour eux-mêmes que ne l'avait été le législateur, ils continuèrent à demander à une étude persévérante la connaissance d'une science à laquelle on ne s'initie pas à l'aide des seules ressources de la raison et du bon sens. Ne trouvant pas dans leur pays les éléments nécessaires de cette étude, les insulaires avaient l'habitude de se rendre à l'université de Pise, alors encore l'une des plus florissantes de l'Italie moderne. Alexandre Colonna d'Istria suivit l'exemple de ses compatriotes, et c'est à l'âge de seize ans révolus qu'il alla s'asseoir sur les bancs de l'école de droit. Il s'y fit bientôt remarquer par une constante assiduité et par une rare aptitude à comprendre les questions si ardues qui étaient successivement examinées devant lui. Ses professeurs, au nombre desquels se trouvaient Carmignani et Poggi, prirent en affection ce jeune homme si intelligent et si studieux, et veillèrent sur lui avec une sollicitude toute paternelle. Il fut non moins heureux auprès de ses camarades, qui, dans une conjoncture critique, n'hésitèrent point à le proclamer leur chef, en lui conférant le titre pompeux de *Veteranissimo*.

Cependant près de quatre années s'étaient écoulées et Alexandre COLONNA D'ISTRIA, fort instruit dans la science du droit ancien et moderne, pouvait venir, en toute confiance, offrir le secours de sa parole et de sa doctrine aux justiciables de son pays natal. Ne cherchant pas à obtenir un diplôme, dont l'incurie du législateur avait cessé de reconnaître la nécessité, il se hâta d'aller reprendre sa place au foyer chéri de la famille.

Modeste au plus haut degré, mais ayant néanmoins conscience de sa valeur, il voulut, dès son arrivée, faire entendre sa voix devant les tribunaux. Son début eut un plein succès. On distingua, dès lors, en lui ce qu'on devait y admirer pendant une longue suite d'années, beaucoup de facilité et d'élégance dans la diction, une promptitude remarquable de compréhension, des connaissances très-étendues et, en outre, cette apparence de sagesse et de dignité qui avaient déjà si vivement impressionné les étudiants de l'Université de Pise. Aussi, dès la première année, les plaideurs affluèrent dans l'étude du nouveau défenseur. Il eut comme premier client devant la Cour Criminelle un homme accusé de l'attentat le plus grave et le plus odieux. Ce n'était pas, d'ailleurs, un assassin vulgaire : il avait été prêtre et il était encore médecin. Les débats furent longs et palpitants d'intérêt. Toute la ville d'Ajaccio était en émoi. L'arrêt fut rendu, pendant la nuit, à la lumière sombre de quelques rares bougies. La peine prononcée était la mort. Terrifié par ce résultat inattendu, le jeune défenseur rentra précipitamment dans son domicile et son agitation était telle qu'on le retrouva, le lendemain, couvert encore de ses vêtements. — Toutefois l'arrêt ne fut point exécuté. La Cour de Justice Criminelle du Golo, saisie de l'affaire après cassation, reconnut de nouveau la culpabilité de l'accusé, mais lui infligea une peine moins sévère.

Le jeune COLONNA D'ISTRIA descendit aussi plus d'une fois dans l'arène plus calme des discussions civiles. Des familles considérables du pays, menacées d'une prochaine ruine, n'hésitèrent point à réclamer son appui et n'eurent qu'à se louer d'avoir mis en lui leur confiance. Il ne se borna pas, du reste, à plaider les affaires à l'audience; il publia aussi des mémoires, et l'un d'eux, écrit avec autant de verve que de science et d'élégante précision, reçut l'approbation des anciens professeurs du nouveau jurisconsulte.

Pendant qu'Alexandre COLONNA D'ISTRIA donnait, devant les tribunaux, la mesure de son incontestable talent, de grands événements s'accomplissaient en France. Un merveilleux génie sorti, comme lui, de la ville d'Ajaccio, était devenu, en quelques années, le glorieux vainqueur de l'Italie, le conquérant de l'Egypte et enfin, au 18 Brumaire, le chef de l'État qu'il avait arraché à toutes les hontes d'un gouvernement aussi incapable que corrompu. Après avoir dompté les ennemis de la France et leur avoir imposé la paix à la suite d'une prodigieuse campagne de quarante jours, le Premier Consul s'était occupé du soin non moins difficile de reconstituer la société et, grâce aux ressources inépuisables de son puissant génie, des résultats immenses avaient été obtenus en quelques mois à peine. En procédant à l'organisation judiciaire, on ne pouvait guère songer à rétablir les parlements ; mais il fallait aussi se défendre de cette manie égalitaire qui, en supprimant toute hiérarchie, avait compromis les plus graves intérêts. Le décret du 29 Ventôse an VIII créa les Tribunaux d'appel. Les écoles de droit reparurent à leur tour, et la même loi prescrivit la formation du tableau des avocats près de chaque tribunal.

Vous n'avez pas sans doute oublié, Messieurs, qu'Alexandre Colonna d'Istria n'avait demandé aucun diplôme à l'Université de Pise. Il sentit alors qu'il lui importait de combler cette lacune et il s'empressa de repasser la mer pour aller se soumettre au jugement de ses anciens professeurs devenus presque tous ses amis. Le résultat pour lui ne pouvait être incertain ; il fut reçu docteur *unanimi suffragio* et, suivant l'usage du temps, un professeur de l'Université prononça un long discours en son honneur.

De retour en Corse dans le courant du mois de Mai 1804, le jeune avocat ne resta pas longtemps au barreau. Il y avait, parmi les Conseillers de la Cour d'appel récemment instituée à Ajaccio, un homme de beaucoup de savoir et que recommandait au plus haut degré une rigidité de principes tempérée par la noblesse des sentiments et l'aménité du caractère : c'était M. Chiappe. Ce magistrat remarqua le jeune COLONNA D'ISTRIA, l'encouragea dans ses débuts et conçut pour lui une sympathie assez vive pour l'admettre bientôt dans toute l'intimité de sa famille. Devenu Procureur Général à la suite du voyage qu'il avait fait à Paris pour assister, comme député de la ville d'Ajaccio, au sacre de l'Empereur, M. Chiappe voulut associer M. Colonna d'Istria à sa fortune, et un décret du 5 Janvier 1805 le nomma Procureur Impérial près le Tribunal d'Ajaccio, à l'âge de vingt-deux ans et quelques mois. Malgré sa nouvelle position, M. Colonna d'Istria n'abandonna pas le barreau; mais il ne plaida plus que devant la juridiction supérieure. Le cumul des fonctions judiciaires et de la profession d'avocat qui choquerait aujourd'hui toutes les idées reçues, paraissait alors possible et il fallut, pour le prohiber, une disposition formelle du Code de procédure civile.

Au moment où M. Colonna d'Istria entrait dans la magistrature, la mission des Tribunaux en Corse présentait de grandes difficultés et était soumise à de funestes entraves. On avait espéré qu'après la malheureuse expérience des innovations judiciaires introduites par le Commissaire extraordinaire Miot, la Corse serait rentrée pour toujours dans les voies de la Constitution, lorsqu'un décret du 22 Nivôse an XI la plaça tout-à-coup sous le régime de la haute police. En prenant cette grave résolution, le Premier Consul ne voulut qu'assurer à son pays natal une administration sage et ferme, dans le cas surtout où, par suite de la guerre maritime, ses communications avec la France continentale seraient momentanément interceptées. Mais l'homme qu'il investit de sa confiance ne sut pas se pénétrer de ses généreuses intentions et, pendant les longues années où le général Morand y exerça son pouvoir, la Corse fut trop souvent victime des excès les moins justifiables. L'histoire a gardé le souvenir de la sanglante expédition du Fiumorbo, de ces sentences rendues au civil comme au criminel, par des officiers ou même des sous-officiers de gendarmerie, et enfin de cette prétendue conspiration d'Ajaccio dans laquelle on vit une Commission militaire, illégalement constituée, condamner à la déportation des malheureux qu'en même temps elle déclarait non coupables (1).

La France était alors engagée dans des guerres sans cesse renaissantes, et il était presque impossible que les justes plaintes des insulaires parvinssent jusqu'au pied du trône. Lorsqu'il put soupçonner la vérité, l'Empereur était au fond de l'Allemagne où il venait de déconcerter, par la glorieuse bataille de Wagram, une nouvelle coalition des puissances, et ce fut de son

(1) Les condamnés furent mis en liberté par ordre de l'Empereur, et la sentence de la Commission militaire fut cassée, dans l'intérêt de la loi, par un arrêt de la Cour suprême sous la date du 19 Juin 1815.

camp impérial de Schœnbrun, le 29 Septembre
1809, qu'il chargea, au moyen d'une dépêche
spéciale, le Sénateur (1) ayant la sénatorerie de
la Corse, de se rendre immédiatement sur les
lieux et de s'y livrer aux plus actives et plus
minutieuses investigations. Les abus d'autorité
commis par le général Morand n'étaient que
trop nombreux et trop manifestes, et rappelé
enfin de son commandement, il alla, deux ans
après, trouver une mort glorieuse sur le champ
de bataille.

La mission de calmer toutes les haines qu'un
tel régime avait surexcitées dans le pays et de
cicatriser les plaies qu'il y avait faites, fut donnée au général Berthier, militaire recomman-
dable par la loyauté du caractère et un rare dé-
sintéressement. Avec lui la justice ordinaire

---

(1) M. le général de division Comte de Casabianca, sénateur.

reprit ses droits et l'autorité des magistrats ne fut plus méconnue.

Comme pour briser définitivement avec le passé, un décret venait d'instituer la Cour Impériale d'Ajaccio et le nouveau Commandant de la Division procéda à l'installation de ses membres dans la séance solennelle du 29 Août 1811. Cette Cour se composait d'un Premier Président, d'un Président de Chambre, de douze Conseillers, d'un Procureur Général, un Avocat Général et un Substitut. Les hautes fonctions de Premier Président furent confiées à M. de Castelli, magistrat très-versé dans la science du droit et depuis longtemps en possession de l'estime publique. M. Chiappe continua à être Procureur Général et M. Colonna d'Istria devint Avocat Général, juste récompense des services qu'il avait rendus pendant plus de six années, dans les circonstances les plus difficiles.

M. Chiappe ne jouit que deux mois à peine de la haute position à laquelle il avait été appelé pour la seconde fois. Le 31 Octobre 1811 il succombait à une courte maladie, emportant dans la tombe les regrets et les sympathies de tous ceux qui avaient pu le connaître et l'apprécier. Cette mort, à laquelle rien ne l'avait préparé, fut surtout sensible pour M. l'Avocat Général COLONNA D'ISTRIA. Il perdait dans M. Chiappe un ami, un protecteur, celui dont les conseils lui avaient toujours été si salutaires et qui ne s'était élevé, dans sa noble carrière, qu'en l'admettant lui-même à prendre une large part dans toutes ses prospérités. M. Chiappe fut, d'ailleurs, honoré et récompensé, après sa mort, comme sans doute, s'il eût été consulté, il aurait désiré de l'être. Un décret du 19 décembre 1811 lui donnait son ami pour successeur et moins de deux mois après le nouveau Procureur Général conduisait à l'autel mademoiselle Cécile Chiappe, heureux à la fois de témoigner de sa profonde gratitude envers la mémoire de son bienfaiteur et d'associer son sort à une jeune femme accomplie, le modèle de toutes les vertus, et dont la perte prématurée fut pour lui, plus tard, une source d'éternelle douleur.

M. Colonna d'Istria se trouvait ainsi investi, à l'âge de moins de trente ans et à l'aide de dispenses, de la direction de l'action publique dans la Corse entière. Justement fier de l'insigne honneur qu'il recevait, il ne se dissimula pas cependant toutes les difficultés de sa mission et s'apprêta, par cela même, à la mieux remplir. Suivant l'exemple qui lui avait été légué par son prédécesseur, il voulut s'initier à tous les détails de son administration, exigea de ses substituts des rapports fréquents, et s'attacha à leur faire comprendre que sa surveillance s'étendait à tout afin que, s'observant constamment eux-mêmes, ils ne laissassent en souffrance aucune partie du service judiciaire. Sévère, lorsqu'il fallait l'être, mais bienveillant par nature, il accueillait les plaintes qui lui étaient adressées, les examinait avec un soin scrupuleux et, s'il lui était impossible d'y faire droit, il accompagnait son refus d'explications qui satisfaisaient, la plupart du temps, ceux-là mêmes qui succombaient dans leurs démarches. Sous l'influence de cette heureuse impulsion donnée à l'action publique, les passions locales tendaient de plus en plus à s'amortir, le nombre des crimes diminuait, et le temps n'était pas éloigné où la Corse n'aurait plus ressenti les effets de la mauvaise administration du Général Morand !

Mais au moment même où le gouvernement impérial paraissait être à l'apogée de sa gloire et de sa grandeur, déja on pouvait apercevoir les signes avant-coureurs d'une chute prochaine et fatale. Nos armées, que l'Europe entière n'avait pu vaincre, allaient trouver, dans les frimats de la Russie, un ennemi contre lequel elles devaient se briser. Plus grand à mesure que les difficultés s'accumulaient devant lui, l'Empereur engagea une lutte gigantesque en Allemagne dont il tint, pendant plusieurs mois, les destinées en suspens; puis, les trahisons de ses anciens alliés l'obligeant à se replier sur la France, il y fit cette admirable campagne où, avec une poignée de soldats, il faillit écraser toutes les armées réunies de l'Europe. Vaincu enfin par la fortune beaucoup plus que par l'ennemi, il voulut épargner de nouveaux malheurs à la France et signa la fameuse abdication de Fontainebleau, par suite de laquelle l'homme qui avait dominé le monde, reçut en souveraineté une petite île perdue au milieu des flots de la Méditerranée.

Le 3 Mai 1814, le roi Louis XVIII faisait son entrée solennelle dans Paris et, trois jours après, le Général Montrésor, débarqué en Corse avec des troupes anglaises, décidait que la justice serait rendue, à l'avenir, au nom de Georges III, roi de la Grande Bretagne. Le 7 Mai, la Cour se réunissait en assemblée des chambres, et, sur les réquisitions de M. le Procureur Général COLONNA D'ISTRIA, prenait une délibération unanime portant « Qu'elle ne saurait, » sans trahir son honneur et ses devoirs les plus » sacrés, rendre la justice qu'au nom de Louis » XVIII, roi des Français. »

Le Général Montrésor avait promis, à Ajaccio, de conserver les anciennes autorités; mais, de retour à Bastia, il jugea opportun de les remplacer et, par un arrêté en date du 26 Mai, il nomma tous les membres de la Cour Royale. M. COLONNA D'ISTRIA conservait ses fonctions de

Procureur Général. Pour mieux l'engager à adhérer à cette désignation, le Général lui écrivit le jour même une lettre des plus flatteuses, ajoutant que « s'il n'acceptait pas, il serait » dans la fâcheuse nécessité de le remplacer. » M. COLONNA D'ISTRIA fit, le 30 Mai, une réponse pleine de convenance et de dignité, annonçant au Général Montrésor « que nommé par le Gouver- » nement français à la place de Procureur Gé- » néral en la Cour séant à Ajaccio, il ne pouvait » ni ne devait accepter de place que du même » gouvernement, parce que la Corse continuait » à faire partie intégrante de la France et qu'il » avait déclaré ne pouvoir rendre la justice au » nom de S. M. le roi d'Angleterre. »

Tel fut cet épisode de notre histoire contemporaine si honorable pour la Cour et pour son Procureur Général, exemple rare de patriotisme et de courage civil, dans les conjonctures les

3

plus périlleuses et qui prouva, une fois de plus, jusqu'à quel point on avait eu tort de mettre en doute le profond dévouement de notre pays à la France.

Chacun de vous sait, Messieurs, qu'après le désastre inouï qui termina la courte, mais merveilleuse Iliade des Cent jours, un commissaire du Roi, le Marquis de Rivière, fut envoyé en Corse avec les pouvoirs les plus étendus. L'un de ses premiers actes fut de transférer à Bastia la Cour qui, pendant tout l'empire, avait siégé à Ajaccio et d'en remanier, en même temps, le personnel. M. Colonna d'Istria dut à la confiance qu'il inspirait et à l'estime que l'on avait de son caractère et de ses talents d'être maintenu dans sa haute position. Sa tâche devenait, d'ailleurs, de plus en plus difficile. Tant de révolutions successives avaient froissé beaucoup d'intérêts, suscité des passions ardentes, et, il faut bien le reconnaître, les hommes n'avaient plus pour des pouvoirs si souvent renouvelés cette crainte et ce respect qui sont comme la condition essentielle de leur existence. Aussi les inimitiés se multiplièrent; le crime accrut son audace et les bandits infestèrent de leur présence un pays qui, depuis longtemps, avait cessé de les redouter. Pendant deux années entières, le Chef du Parquet lutta courageusement contre le mal; ses efforts ne furent pas toujours infructueux : toutefois on sera étonné d'apprendre que, vers le milieu de l'année 1818, près de cinq cents individus résistaient encore à toutes les poursuites de la justice. Une telle situation exigeait un prompt remède. Le Procureur Général, consulté par le gouvernement, avait indiqué les mesures dont l'adoption pouvait, d'après lui, rendre la tranquillité à la Corse; mais on préféra attribuer aux hommes ce qui n'était que le tort des institutions, et on profita du désir exprimé, dans l'intérêt de M. COLONNA D'ISTRIA, de le voir placer sur le continent, pour l'appeler aux fonctions de Président de Chambre à la Cour Royale de Nîmes. L'ancien Procureur Général n'eut pas à se plaindre d'un changement qui avait paru d'abord le froisser. Cette épreuve, qui lui aurait été fatale s'il n'avait été qu'un médiocre magistrat, ne servit qu'à mettre en évidence la supériorité de son talent, comme la droiture et la sage fermeté de son esprit : sa réputation reçut à Nîmes une nouvelle et éclatante consécration. Lorsque, quatre ans après environ, il quitta ses collègues, il fut l'objet, de leur part, des démonstrations les plus flatteuses, et près de quarante ans écoulés depuis cette époque n'ont pas diminué le renom de science et de vertu qu'a laissé, à la Cour de Nîmes, le Président COLONNA D'ISTRIA.

Avons-nous besoin, Messieurs, de vous rappeler ce qu'était devenue, pendant ce temps, la situation de notre pays? On y avait essayé un système de forte compression, mais il n'avait fait qu'exaspérer les bandits et les rendre plus redoutables. Poursuivis et traités avec une inexorable rigueur, ils s'étaient réunis par bandes et leur audace n'avait plus eu de bornes. Le gouvernement comprit enfin que l'action publique était impuissante et chercha à lui donner la force qui lui manquait. Une ordonnance du 23 Novembre 1820, contre laquelle l'opinion publique devait protester, étendit d'une manière démesurée les attributions du lieutenant-général commandant supérieur. Mieux inspirée, une autre ordonnance du 6 Novembre 1822 créa ce bataillon de voltigeurs Corses si redouté des malfaiteurs et qui rendit au pays les services les plus signalés.

Quelques mois après, un événement impor-
tant se passait au sein de la Cour. A la suite de
regrettables dissentiments dont vos délibérations
ont conservé la trace, le Procureur Général Gil-
bert Boucher était remplacé par M. Billot et le
Premier Président Baron Mézard, admis à la
retraite sur sa demande, avait pour successeur
M. le Président COLONNA D'ISTRIA. L'ordonnance
était à la date du 14 Juin 1823, et au commencement de Juillet suivant, le nouveau Premier
Président fut mis en possession des hautes fonctions auxquelles la distinction et la durée de ses
services, son profond dévouement au pays et ses
éminentes facultés lui avaient, depuis longtemps,
créé des droits incontestables. L'accueil si em-
pressé qui lui fut fait par la Cour et par la popu-
lation tout entière, le toucha vivement et ne fit
que le confirmer dans la résolution qu'il avait
prise de mettre désormais l'honneur de sa vie à

administrer la justice à ses compatriotes. Le
titre de Comte qu'avaient porté ses ancêtres et
qui lui fut, bientôt après, rendu par le roi
Charles X, jeta plus de lustre sur sa person-
ne sans engendrer en lui aucun orgueil, ni
changer la modeste simplicité de ses habitudes. Magistrat avant tout, le Comte Colonna
d'Istria se consacra à son œuvre de chaque
jour, éclairant les délibérations de toute l'autorité de sa science et de sa haute raison, et
contribuant toujours à faire donner aux procès
la solution la plus convenable et la plus juste.
Combien de fois ne l'avons-nous pas vu à l'audience, prêtant une oreille attentive aux plaidoi-
ries des avocats, encourageant les débuts des
uns, applaudissant aux succès des autres et en-
touré jusqu'au bout du respect et de la vénération de tous! C'est ainsi que pendant trente années consécutives, de concert avec des collègues

aimés, qui l'ont presque tous précédé dans la
tombe, il a élevé à la science du droit et à notre
pays ce monument qui, lorsque la piété filiale
l'aura mis au jour, accroîtra considérablement,
aux yeux des jurisconsultes, la réputation de la
Cour de Bastia et de son illustre Premier Président. C'est dans ce recueil, enrichi par deux de
nos meilleurs collègues (1) d'annotations cour-
tes, mais substantielles et pleines d'intelligence
juridique, que l'on pourra suivre les traditions
de notre ancien Statut Civil, ses rapports avec
la législation actuelle, et on y verra paraître en
même temps, aussi savamment discutées que sa-
gement résolues, la plupart des questions ardues

---

(1) MM. les Conseillers Comte Colonna d'Istria et de Gafforj.
Le premier volume de ce Recueil a paru postérieurement au 5
Novembre, ainsi que le tome quatrième par lequel commen-
ce la série des arrêts rendus sous la Première Présidence de
M. Calmètes.

qui, depuis nombre d'années, se partagent la doctrine et la jurisprudence.

Le Comte COLONNA D'ISTRIA était, au suprême degré, un magistrat d'audience; mais il savait que ses éminentes fonctions lui imposaient d'autres devoirs et il ne manqua jamais à leur accomplissement. L'œil ouvert sur les magistrats, il était heureux de leur donner des éloges ou de les proposer pour des récompenses; mais il usait aussi, quoique à regret, d'une juste et salutaire sévérité.

Convaincu par la triste expérience du passé qu'une bonne magistrature est le plus beau don qu'on puisse offrir à la Corse, il se fit toujours scrupule de ne désigner que les candidats les plus dignes et qui, aux connaissances juridiques, joignissent une réputation et une moralité incontestées.

Notre Premier Président ne se désintéressa ja-

mais dans les grandes questions qui concernaient
la prospérité et le salut du pays. Croyant que la
Cour criminelle, surtout dans les dernières années de la Restauration, donnait à la sécurité
publique toutes les garanties qui lui sont si nécessaires, il désapprouva, après la révolution de
juillet, le rétablissement de l'institution du jury
qui, dans d'autres temps et sous ses yeux, avait
trop souvent failli à l'attente des honnêtes gens.
A la fin toutefois il s'était réconcilié avec elle, en
la voyant fonctionner avec une plus ferme et
plus constante impartialité, et son vœu le plus
ardent était que les jurés parvinssent à se déli-
vrer complétement de ces coupables obsessions
qui, en troublant leur conscience, les ont plus
d'une fois détournés de la ligne du devoir.

L'un des premiers il avait, en 1818, proposé
la prohibition des armes. Il était heureux que cet
avis si sage eût enfin triomphé et il s'étonnait

seulement qu'il eût fallu plus de trente ans pour faire accueillir par les hommes éclairés et véritablement amis de leur pays, une mesure qui, adoptée plus tôt, eût épargné tant de sévères condamnations devant les tribunaux et tant de larmes dans l'intérieur des familles.

Homme de goûts paisibles et ennemi des luttes tumultueuses des partis, M. le Comte Colonna d'Istria ne se sentait aucun attrait pour la politique : plusieurs fois cependant il fut, comme malgré lui, entraîné à s'en occuper. Nommé député au mois de Juillet 1830, il vit sans peine son élection annulée par les vainqueurs d'une dynastie qu'il accompagna de tous ses regrets parce qu'elle avait des droits à toute sa reconnaissance. Plus tard, en 1837 et en 1848, il ne put se soustraire aux manifestations sympathiques du corps électoral. Il fut touché, surtout en 1848, de voir se ranger autour de son nom douze mille suffrages qu'il n'avait point sollicités ; mais prêt, s'il l'eût fallu, à donner de nouvelles preuves de son abnégation et de son amour du pays, il ne fut pas fâché d'un insuccès qui lui permettait de se consacrer tout entier à une mission que les circonstances rendaient plus nécessaire et plus difficile.

Une fois cependant il ne dépendit que du Comte COLONNA D'ISTRIA de faire son entrée dans les régions de la politique (1). En 1845, on vint lui offrir à la fois, au nom du gouvernement, une place à la Cour Suprême et un siége à la chambre des Pairs. Un autre que lui se fût hâté

---

(1) L'offre dont il est ici question se trouve constatée dans deux lettres de M. Martin (du Nord), alors garde-des-sceaux, sous les dates des 1er Août et 9 Septembre 1845, ainsi que dans une lettre responsive de M. le Comte COLONNA D'ISTRIA, du 21 Septembre de la même année.

d'embrasser cette perspective aussi brillante que flatteuse ; mais, fidèle à la règle qu'il s'était posée d'administrer, jusqu'à la fin de sa vie, la justice à ses concitoyens, il répondit par un refus. Cet acte qui l'honorait, ne fut considéré par lui que comme le simple accomplissement du devoir et il ne regretta jamais une détermination qui pouvait exercer une si grande influence sur son avenir comme sur celui de sa famille.

La Révolution de Juillet lui avait déplu sans l'effrayer. Celle de 1848 lui déplut et le jeta dans de vives alarmes. Le nom de République ne pouvait que causer une douloureuse impression sur l'esprit d'un vieillard qui avait assisté, tout enfant, aux sanglantes orgies du 93. Mais son anxiété cessa lorsqu'il vit la paix du dedans triompher sur la place de l'hôtel-de-ville, et celle du dehors obtenue par une politique modérée et concilian-

te. Pourquoi ne le dirions-nous pas? M. le Comte
COLONNA D'ISTRIA avait voué une gratitude toute
particulière à l'un des membres du gouvernement provisoire, M. de Lamartine, et il trouvait
que la France se montrait trop oublieuse des
services rendus par cet illustre poète et ce cou-
rageux citoyen.

Dès que l'héritier du grand nom de Napoléon
se fût offert au pays, notre Premier Président
s'empressa de l'acclamer. Il voyait, dans ce ma-
gique retour, l'intervention d'une volonté supérieure à tous les événements humains, et il ne
doutait pas qu'à cinquante ans de distance, la
société troublée jusqu'en ses fondements, ne dût
être encore sauvée par les mêmes voies. Son
sage esprit et sa vieille expérience ne l'avaient
pas trompé. Aussi lorsqu'il reconnut, plus tard,
dans le chef de l'État tant de modération avec
tant de fermeté, tant de persévérance dans les

desseins et une si grande longanimité dans la conduite, sa confiance et son dévouement ne firent que se raffermir de plus en plus. Il applaudit sans arrière-pensée à l'acte providentiel du 2 Décembre, et désormais rassuré sur l'avenir du pays, il poursuivait, avec une nouvelle ardeur, les travaux de son noble ministère, lorsque le décret du 1er Mars 1852 vint tout-à-coup lui apprendre que sa carrière de magistrat était finie. Nous ne serions pas cru de vous, Messieurs, si nous cherchions à vous démontrer que ce décret le trouva indifférent; non : ce fut, au contraire, avec un bien vif regret qu'il se prépara à quitter des fonctions aimées qui avaient été l'honneur et l'orgueil de sa vie; mais lorsque, quatre mois après, il eut atteint la limite fixée, un scrupule excessif peut-être le porta à solliciter la nomination de son successeur. Ses démarches ne furent pas accueillies aussi promp-

tement qu'il l'avait cru et désiré. Le garde-des-
sceaux d'alors, M. Abbatucci, connaissait M. le
Comte COLONNA D'ISTRIA dont il avait été le collègue à la Cour Royale de Bastia; il en appré-
ciait tout le mérite et il voulait priver notre
Compagnie, le plus tard possible, des lumières
de sa raison et de son expérience. Dix-huit mois
s'écoulèrent pendant lesquels le Premier Président ne se lassa pas de demander un repos que
le ministre s'obstinait à lui refuser. Le moment
arriva cependant où devait cesser une résistance
si honorable pour M. le Comte COLONNA D'ISTRIA.
Le décret du 22 Décembre 1853, qui l'admit à
faire valoir ses droits à la retraite, le nomma
Premier Président honoraire et lui donna, en
même temps, pour successeur un magistrat éminent à qui nous oserions décerner de justes éloges si nous n'avions l'honneur, en ce moment,
de parler devant lui.

M. le Comte Colonna d'Istria fut l'objet, en se retirant, des plus unanimes et des plus sympathiques manifestations. A une lettre d'adieux des plus touchantes, la Cour répondit par une délibération tout empreinte du dévouement et de la vénération dont elle était pénétrée pour son digne chef et qu'elle alla, en corps, lui porter à son domicile. Le Barreau, par l'organe éloquent de son Bâtonnier, devenu depuis notre collègue (1), s'associa à nos légitimes regrets et le Chef de l'administration départementale (2) se rendit le chaleureux interprète de la pensée et des vœux de la Corse entière.

Une autre et bien vive satisfaction avait été réservée, au moment de sa retraite, à M. le

---

(1) M. Arrighi, Conseiller.

(2) M. Thuillier, actuellement Préfet de la Loire.

Comte COLONNA D'ISTRIA : son fils aîné (1) avait
été nommé membre de notre Compagnie et allait
conserver parmi nous toute une tradition de
science et d'honneur.

Désormais, rentré dans la vie privée, notre
Premier Président se consacra aux soins si doux
de la famille, aux bonnes œuvres et à cette étude, ou, si l'on aime mieux, à cette contemplation
intérieure qui est, pour les hommes vraiment
sages, l'œuvre principale des dernières années
de l'existence. Sans se mêler à nos travaux, il
ne nous resta pas étranger et il continua à se
préoccuper vivement de tout ce qui pouvait in-
téresser cette compagnie. Il savait que, de notre
côté, les sentiments étaient restés les mêmes, et
cette conviction était pour lui la plus précieuse
des récompenses. Il eut bientôt l'occasion de

---

1) M. le Comte François Colonna d'Istria, Conseiller.

s'assurer de la persistance de notre sympathie et de notre dévouement. Il était Chevalier de la Légion d'honneur depuis l'année 1821 ; il avait été promu Officier en 1849, sous le ministère de M. Odilon Barrot. En 1856, M. le Premier Président Calmètes pensa, avec raison, qu'une plus haute distinction était due à ce vénérable vieillard, le doyen de la magistrature française, et, avec la plus noble spontanéité, il sollicita et obtint pour lui la croix de Commandeur. La Cour se tint pour honorée de l'insigne faveur accordée à son ancien chef, et cette fois encore elle alla tout entière, sous la conduite de son digne président M. Stefanini, lui porter les plus cordiales félicitations.

M. le Comte Colonna d'Istria eut, pendant les dernières années de sa vie, toutes les satisfactions de l'homme et du père de famille. Il était heureux de la considération justement acquise à son

nom et à ses services; heureux dans la person-
ne d'un autre de ses fils (1), jeune homme de
cœur et de talent, qui promettait à la Corse un
peintre des plus distingués; heureux aussi d'être
exempt de toutes ces infirmités qui sont trop
souvent le triste apanage de la vieillesse. Hélas!
il paraissait encore plein de santé et déjà il était
miné par l'ennemi caché qui devait, en bien peu
de temps, l'entrainer dans la tombe. Nous fûmes
tous douloureusement surpris et affligés lorsque,
dans les commencements du mois de Février
dernier, nous apprîmes qu'il venait d'être atteint
de la maladie la plus grave. Un instant on put
le croire sauvé. Vain espoir! le 1er Mars 1859,
le Comte COLONNA D'ISTRIA avait cessé de vivre.
Modeste et simple jusqu'à la fin, il voulut qu'au-

_____

(1) M. le Vicomte Pierre Colonna d'Istria, dont les produc-
tions ont été remarquées à l'exposition de peinture de Paris.

cune pompe mondaine n'entourât ses funérail-
les; mais depuis Bastia, où il succomba, jusqu'à
Ajaccio, où sa dépouille mortelle alla chercher sa
dernière demeure, l'affluence des populations et
la tristesse empreinte sur tous les visages, té-
moignèrent assez que notre magistrature avait
perdu l'une de ses gloires et la Corse l'un de ses
plus illustres citoyens.

La nature avait merveilleusement doué M. le
Comte Colonna d'Istria, et semblait l'avoir comme prédestiné aux fonctions qu'il a si bien rem-
plies pendant cinquante ans. Il avait du magistrat la vivacité de l'esprit qui saisit promptement
les questions, la science qui permet de les ré-
soudre, l'amour passionné de la justice, l'austé-
rité de la vie, enfin une bienveillance qui ne se
démentait jamais. La beauté des formes physi-
ques rehaussait encore chez lui tant de qualités
si précieuses. Qui ne se souvient de cette démar-

che pleine de dignité, de cette figure si noble et si expressive, de cette tête si bien ornée de magnifiques cheveux blancs, de cet ensemble, en un mot, du corps et de la physionomie qui appelait forcément l'attention et imposait un universel respect? —'Heureux, Messieurs, les hommes envers qui la Providence s'est montrée à ce point prodigue de ses faveurs! Aussi longtemps que la vertu et les talents seront honorés parmi nous, la mémoire de M. le Premier Président Colonna d'Istria sera religieusement conservée par la reconnaissance publique.

La Cour a fait, dans cette même année, une autre perte sensible : celle de M. le Conseiller Valentini. Il était entré dans la magistrature en qualité de Juge d'instruction et, pendant plus de vingt ans, il ne remplit pas d'autres fonctions, soit à Ajaccio, soit à Bastia. Il obtint, en 1852, la récompense de ses longs et laborieux services par sa nomination à la place de Conseiller. M. Valentini était un magistrat aussi intelligent que probe; il avait une bonté et une modération de sentiments peu communes, et il suffisait de le connaître pour ne lui vouloir que du bien. Sa mort, survenue presqu'à l'instant où il allait être atteint par la loi de la retraite, a été un coup terrible pour sa famille et une source de vifs regrets pour ses collègues et pour ses nombreux amis.

AVOCATS,

En prononçant l'éloge de M. le Comte COLONNA D'ISTRIA, nous avons payé votre dette et la nôtre. Vous savez, en effet, qu'il avait pour vous

autant d'estime que d'égards et d'affectueuse
sympathie. Vous avez fait un acte qui vous ho-
nore en décidant que son portrait serait placé
dans la salle de votre bibliothèque. La contemplation de cette image vénérable ne vous inspi-
rera jamais que des pensées élevées et dignes
de votre noble profession.

Avoués,

Notre Premier Président vous savait gré de
vos efforts pour le bien et rendait de vous, en
toute circonstance, le meilleur témoignage. Con-
tinuez à montrer autant de zèle que de désinté-
ressement et vous mériterez de plus en plus
l'approbation de la Cour et la confiance des justiciables.

MESSIEURS,

Grâce à la puissante impulsion donnée à la politique de notre pays, nous sommes aujourd'hui spectateurs de grands événements pareils à ceux dont M. le Comte COLONNA D'ISTRIA était témoin au commencement de sa carrière. Après une guerre glorieuse entreprise, sur des rivages lointains, pour sauvegarder l'indépendance de l'Europe, la France se reposait dans les splendeurs de la paix, lorsqu'elle a dû répondre tout-à-coup à l'appel d'un peuple ami et depuis trop longtemps victime de la domination étrangère. On ne sait ce que l'on doit le plus admirer, dans les récents triomphes de nos armes, du génie déployé par le général, de l'incomparable valeur du soldat ou de cette rare modération qui a permis d'éviter des complications redoutables et de

nature à compromettre tous les intérêts. La ferme volonté qui a si bien rempli la première partie de son œuvre, l'achèvera aussi, n'en doutons
pas, et rendue enfin à elle-même, l'Italie pourra,
dans une liberté sage, s'attacher à conquérir la
place qui lui appartient parmi les plus puissan-
tes nations de l'Europe.

Après ce discours M. l'Avocat Général de
Casabianca a requis, au nom de M. le Procureur
Général, qu'il plût à la Cour ordonner et déclarer
en même temps la reprise immédiate de ses travaux ordinaires.

M. le Premier Président ayant pris l'avis de la
Cour, a prononcé l'arrêt suivant :

La Cour déclare reprendre ses travaux et dit que ses audiences auront lieu aux jours et heures accoutumés.

M. le Premier Président a demandé ensuite au Ministère Public s'il avait encore quelques réquisitions à prendre.

M. le Procureur Général Impérial s'est levé et a requis qu'il plût à la Cour admettre les Avocats présents à l'audience à renouveler le serment professionnel qui leur est imposé par la loi.

M. le Premier Président, après avoir pris l'avis de la Cour, a ordonné au Greffier en chef de lire la formule de ce serment; après quoi les Avocats présents, successivement appelés, ont dit : *Je le jure.*

M. le Premier Président a de nouveau demandé au Ministère Public s'il avait quelque chose à requérir; sur sa réponse négative, M. le Premier Président a déclaré que la séance était levée.

De tout quoi a été dressé le présent procès-verbal, les jour, mois et an que dessus.

*Le Premier Président ,*

Signé : **CALMÈTES.**

*Le Greffier en chef,*

Signé : **BETTOLACCE.**

www.ingramcontent.com/pod-product-compliance
Lightning Source LLC
Chambersburg PA
CBHW061643180626
46818CB00003B/945